Título original *There Are Bugs Everywhere*. Publicado en inglés en 2019 por Big Picture Press, un sello de Kings Road Publishing, parte de Bonnier Publishing Group
Texto © 2019 Lily Murray
Ilustraciones © 2019 Britta Teckentrup

© de esta edición: Andana Editorial
1.ª edición: diciembre, 2019
Av. Aureli Guaita Martorell, 18
46220 Picassent (Valencia)
www.andana.net / andana@andana.net

Traducción: Anna Llisterri
Revisión: Leticia Oyola

Queda prohibida la reproducción y transmisión, total o parcial, de este libro bajo cualquier forma o medio, electrónico o mecánico, sin el permiso de los titulares del *copyright* y de la empresa editora. Todos los derechos reservados.

ISBN: 978-84-17497-63-7
Depósito legal: V-2941-2019

Impreso en China

Este libro ha sido compuesto en Core Circus Rough y Neutraface Text. Las ilustraciones se han creado digitalmente.

Editado por Susie Rae, Phoebe Jascourt y Katie Haworth
Diseño de Nathalie Eyraud
Producción: Emma Kidd
Asesoramiento: Camilla de la Bedoyere y Sergio Montagud

BICHOS
POR TODAS PARTES

ILUSTRACIONES DE BRITTA TECKENTRUP
TEXTO DE LILY MURRAY

Andana
editorial

HAY BICHOS POR TODAS PARTES

El mundo está lleno de bichos. Hay millones de especies diferentes. En realidad, hay tantas que nadie sabe el número exacto. Puedes encontrar bichos casi en cualquier parte: apresurándose bajo tierra, aleteando en el aire o deslizándose sobre el agua. Centenares de ellos viven en tu casa, ¡y algunos hasta viven en tu piel!

¡Algunos de estos bichos han batido récords! ¿Cuál crees que es el más fuerte? Y ahora, a ver si encuentras el más largo, el más ruidoso y el que vuela más rápido.

¡ES UN BICHO! (¿Y ESTO QUÉ ES?)

Las criaturas que llamamos *bichos* pertenecen a un grupo conocido como *artrópodos*. Todos los artrópodos tienen seis o más patas y el cuerpo dividido en partes (o segmentos). También tienen un exoesqueleto (un caparazón exterior duro).

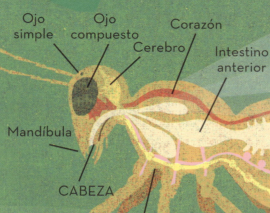

Antenas · Ojo simple · Ojo compuesto · Cerebro · Corazón · Intestino anterior · Intestino medio · Cordón nervioso · Alas · Espiráculos · Intestino posterior · Ano · Saco de veneno · Mandíbula · CABEZA · TÓRAX · ABDOMEN

INSECTOS Y OTROS BICHOS

Existen más especies de insectos que de cualquier otro grupo de animales: hasta ahora se han descubierto unas 930 000. Todos los insectos tienen seis patas, y el cuerpo formado por tres partes: la cabeza, el tórax (la sección del medio) y el abdomen (justo tras el tórax).

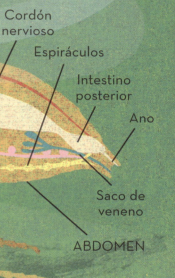

Chinche rayada

CÓMO VEN LOS BICHOS

La mayoría de los bichos tienen ojos grandes, denominados **ojos compuestos**, formados por muchos sensores de luz diferentes. Estos ojos les ayudan a detectar el movimiento, pero les resulta más difícil captar detalles pequeños. Muchos artrópodos también tienen **ocelos** u ojos simples, que detectan cambios de luz.

HEMÍPTEROS

Los **hemípteros** son un grupo de insectos que incluye todo tipo de chinches. Todos estos bichos tienen una especie de pico, que usan para morder y chupar la comida.

RÉCORDS DEL MUNDO

¿Acertaste qué bichos de la página anterior han batido récords mundiales?

El **escarabajo pelotero cornudo** es el bicho más fuerte del mundo. Puede arrastrar hasta 1 141 veces su propio peso. ¡Como si una persona levantara un autobús de dos pisos!

El **tábano** es el bicho volador más rápido que existe. ¡Puede alcanzar velocidades de 145 km/h!

ARÁCNIDOS

Este gran grupo de artrópodos abarca más de 72 900 especies conocidas, entre las que se incluyen arañas, escorpiones y garrapatas. Todos los arácnidos tienen ocho patas, y la picadura o el aguijón de algunos pueden ser mortales. Su cuerpo se divide en dos secciones, el cefalotórax (cabeza y tórax unidos) y el abdomen.

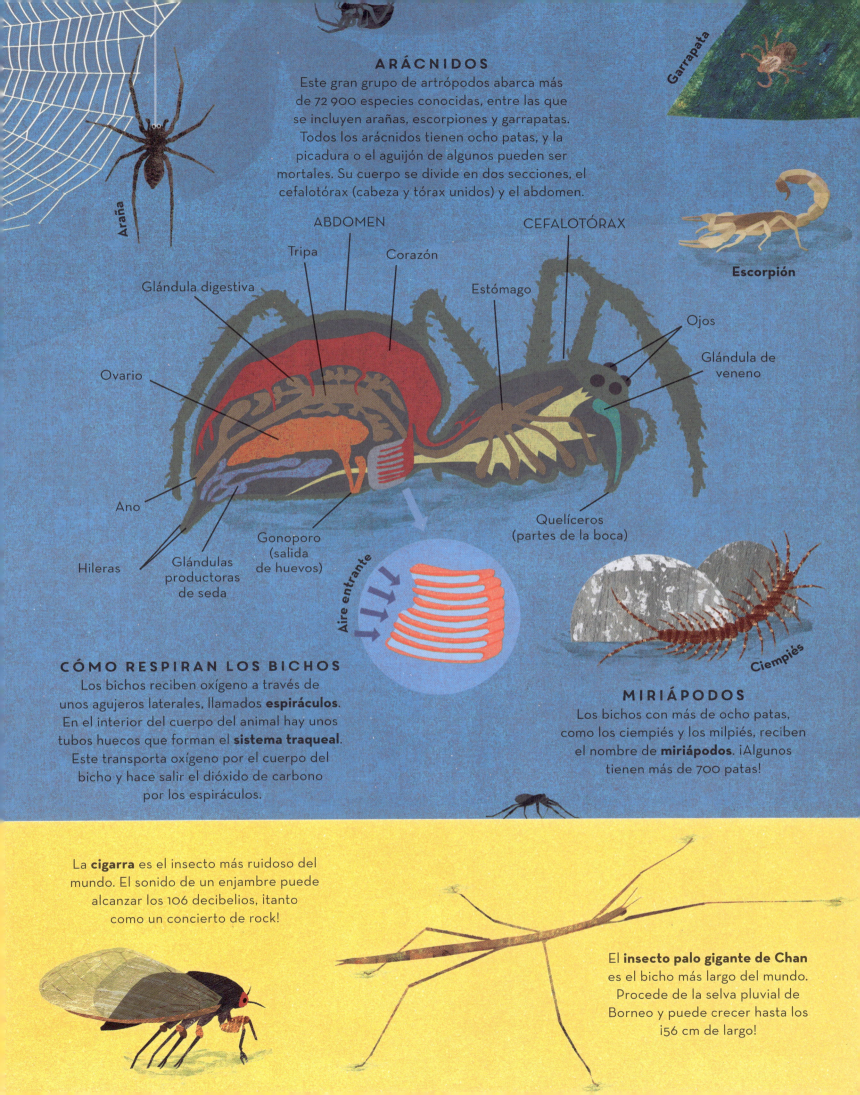

Araña

Garrapata

Escorpión

ABDOMEN
- Tripa
- Corazón
- Glándula digestiva
- Ovario
- Ano
- Hileras
- Glándulas productoras de seda
- Gonoporo (salida de huevos)

CEFALOTÓRAX
- Estómago
- Ojos
- Glándula de veneno
- Quelíceros (partes de la boca)

Aire entrante

Ciempiés

CÓMO RESPIRAN LOS BICHOS

Los bichos reciben oxígeno a través de unos agujeros laterales, llamados **espiráculos**. En el interior del cuerpo del animal hay unos tubos huecos que forman el **sistema traqueal**. Este transporta oxígeno por el cuerpo del bicho y hace salir el dióxido de carbono por los espiráculos.

MIRIÁPODOS

Los bichos con más de ocho patas, como los ciempiés y los milpiés, reciben el nombre de **miriápodos**. ¡Algunos tienen más de 700 patas!

La **cigarra** es el insecto más ruidoso del mundo. El sonido de un enjambre puede alcanzar los 106 decibelios, ¡tanto como un concierto de rock!

El **insecto palo gigante de Chan** es el bicho más largo del mundo. Procede de la selva pluvial de Borneo y puede crecer hasta los ¡56 cm de largo!

LOS BICHOS LLEVAN AQUÍ MUCHO TIEMPO

Los bichos han estado por todas partes desde hace mucho mucho tiempo. Ha habido artrópodos viviendo en los océanos desde hace más de 500 millones de años. Después, hace 480 millones de años, los antepasados de los insectos estuvieron entre los primeros animales terrestres. Incluso hubo una época, conocida como periodo Carbonífero (hace 359-299 millones de años), en que la Tierra estaba habitada por bichos gigantes.

Isotelus

Hace 500 millones de años

Los **trilobites** están entre los artrópodos más antiguos que se conocen. La mayoría eran diminutos, pero algunos, como el *Isotelus*, alcanzaban los 70 cm de largo.

Mesotelo

Un grupo de arañas, los **mesotelos**, son fósiles vivientes en el mundo actual. Sus antepasados aparecieron hace unos 400 millones de años.

Meganeura

Meganeura era un insecto parecido a una libélula. Vivió hace unos 300 millones de años y podía llegar a ser del tamaño de una gaviota.

Hace 300 millones de años los niveles de oxígeno eran muy altos, lo que permitía a los bichos crecer hasta dimensiones enormes. Con 2,3 metros de largo, *arthropleura* era uno de los bichos más grandes que han existido.

Pececillo de plata

Los **pececillos de plata** son insectos muy antiguos. Los que vivieron hace 200 millones de años eran muy parecidos a los actuales.

Arthropleura

Lo más probable es que los primeros insectos evolucionaran a partir de un grupo de crustáceos venenosos llamados **remipedios**. Todavía existen remipedios vivos hoy día. Son completamente ciegos y habitan en cuevas submarinas.

Remipedio

Hibbertopterus

Los escorpiones empezaron a arrastrarse fuera del agua hace unos 430 millones de años. Estos primeros escorpiones, como los del género *Hibbertopterus*, pasaban la mayor parte de su vida en el mar, pero también tenían patas para correr sobre la tierra.

Efímera

Melittosphex

Hace aproximadamente 400 millones de años, los insectos fueron las primeras criaturas voladoras. Las plantas eran cada vez más altas, y volar ayudó a los insectos herbívoros a alcanzar su fuente de alimentos. Puede que los primeros insectos voladores fueran los antepasados de las actuales **efímeras**.

El periodo Cretácico (hace unos 150 millones de años) trajo las plantas con flores y los bichos que se alimentaban de ellas. Entre estos había mariposas, hormigas y la primera especie de abeja que se conoce, la *Melittosphex burmensis.*

Cucaracha

Pulga gigante

Pulga

Hoy

Las **cucarachas**, tal como las conocemos hoy, aparecieron por primera vez hace 180 millones de años.

Durante el periodo Jurásico, unas criaturas gigantes parecidas a las pulgas convivían estrechamente con los dinosaurios. Tenían diez veces el tamaño de las pulgas actuales.

Hace 150 millones de años, el tamaño de los insectos disminuyó. Es posible que se debiera a que los pájaros empezaron a llenar el cielo, y los insectos más pequeños podían escapar más rápidamente.

¿DÓNDE VIVEN LOS BICHOS?

Libélula

Libélula

¡Existen muy pocos lugares donde no vivan los bichos! Puedes encontrarlos en selvas tropicales, desiertos, bosques, humedales, cuevas y praderas, entre el hielo de la Antártida y en un jardín junto a tu casa. En realidad, los bichos viven en más hábitats que ningún otro grupo de animales de la Tierra.

BICHOS ACUÁTICOS

Numerosos bichos viven en estanques, lagos, ríos y cursos de agua, y puedes encontrar insectos hasta dentro de charcos diminutos... ¡o sobre ellos! Las **libélulas** pasan zumbando por encima del agua, y atrapan insectos en el aire.

Araña de agua

Escarabajo buceador

Los **escarabajos buceadores** viven bajo el agua, donde cazan bichos, renacuajos e incluso peces. A fin de respirar, atrapan burbujas de agua bajo las alas.

Las **arañas de agua** pasan la mayor parte de su vida bajo el agua, pero, aun así, necesitan respirar aire. Suben a la superficie y capturan grandes burbujas de aire en las que viven durante el día. Por la noche salen de sus burbujas para cazar.

Gran caracol de estanque

El **gran caracol de estanque** se desliza por las superficies subacuáticas con su pie viscoso y musculado. Tiene la lengua llena de dientes minúsculos, que utiliza para alimentarse de algas y materia orgánica de origen vegetal y animal.

BICHOS DEL DESIERTO

La mayoría de los animales tienen dificultades para sobrevivir en desiertos a causa de la falta de agua. No obstante, numerosas especies de bichos han desarrollado adaptaciones sorprendentes para vivir en este entorno hostil.

BICHOS ALPINOS

En las montañas, las temperaturas pueden ser extremadamente frías. Muchos de los bichos que viven en ellas son de colores oscuros para absorber mejor el calor del sol.

El *Sigaus villosus* es un saltamontes de color gris oscuro que vive en las montañas de Nueva Zelanda. Usa sus largas patas traseras como si fueran bastones de esquí, y así se desplaza por la nieve.

Algunos **tenebriónidos** sobreviven en los desiertos más duros. Este escarabajo sube corriendo a las dunas de arena por la mañana cuando hace fresco, y allí se pone cabeza abajo para recoger agua de la niebla, que le cae por el cuerpo hasta la boca.

BICHOS POLARES

Dado que en la Antártida no hay mamíferos terrestres, los bichos son los animales terrestres más grandes del continente. Por lo tanto, ¡los **colémbolos** y los **ácaros** son los depredadores terrestres más temibles de la Antártida!

El **ácaro Rhagidia** mide aproximadamente 1 milímetro de ancho, y se alimenta de criaturas microscópicas. Su cuerpo produce una sustancia denominada glicerol, que impide que se congele.

BICHOS SUBTERRÁNEOS

Los bichos que viven en la tierra se alimentan de plantas y animales (vivos o muertos) y de excrementos. Muchos pasan toda su vida bajo tierra; algunos únicamente hibernan en el subsuelo, y otros solo viven allí cuando son crías.

Los **grillotalpas** pasan la mayor parte de su vida bajo tierra. Igual que los topos, tienen las patas delanteras muy grandes y en forma de pala para cavar, ya sea para encontrar comida o para excavar una cámara donde poner huevos.

LA SELVA TROPICAL

Las selvas pluviales de los trópicos, como el Amazonas en América del Sur, contienen una increíble cantidad de artrópodos. ¡En un par de kilómetros cuadrados pueden vivir más de 50 000 especies diferentes! Cada una tiene un papel crucial en la supervivencia de la selva. Sin estos bichos, la selva tropical tal como la conocemos no existiría.

Hespérido de Hewitson

Las mariposas de la especie ***Jemadia hewitsonii*** se mueven tan deprisa que el ojo humano no las puede seguir.

Las **hormigas cortadoras de hojas** recogen hojas del dosel y las bajan hasta sus nidos.

Las **mariposas morfo azules** beben jugos de fruta podrida, animales muertos y hongos, y propagan por la selva esporas (que los hongos necesitan para reproducirse).

Hormigas cortadoras de hojas

Mariposas morfo azules

ESTRATO EMERGENTE
Enormes árboles con forma de paraguas, de más de 40 metros de altura, forman el **estrato emergente**. Las mariposas vuelan de flor en flor y propagan el polen.

Crisomélidos

DOSEL ARBÓREO
El **dosel arbóreo** se encuentra a 30-45 metros del suelo. Sus numerosas flores atraen a insectos como abejas, escarabajos y avispas.

SOTOBOSQUE
Debajo del dosel se halla el **sotobosque**. Es un estrato denso con una gran vida vegetal, en el que habitan innumerables insectos, entre ellos abejas e insectos palo.

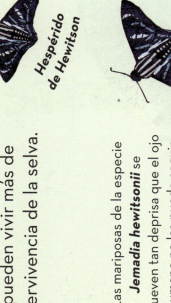

¿LOS ENCUENTRAS?

Los bichos son una importante fuente de alimento para muchos animales de la selva tropical. ¿Cuántos depredadores escondidos en esta página eres capaz de encontrar?

Abejas de las orquídeas

Las **abejas de las orquídeas** se mueven por el sotobosque, donde recogen aromas de las orquídeas.

Insecto palo del Perú

La mayoría de los insectos palo son expertos en camuflaje. El **insecto palo del Perú**, en cambio, es de colores vivos.

Escarabajo titán

El **escarabajo titán**, de 17 cm de largo, es uno de los escarabajos más grandes del mundo. Sus fuertes mandíbulas podrían partir en dos un lápiz.

SUELO

Al suelo de la selva llega muy poca luz. Hay arañas y escarabajos arrastrándose por la tierra, cubierta de hojas secas, ramitas en descomposición y raíces poco profundas.

Hormiga bala

Las **hormigas bala** pueden ser agresivas si su colonia es amenazada. Su picada es una de las más dolorosas de entre los insectos.

Tarántula Goliat

Con sus 28 cm de ancho, la **tarántula Goliat** puede cazar fácilmente pájaros pequeños y ranas. ¡Usa sus enormes mandíbulas para inyectar veneno en la presa!

Gusano de luz

Las larvas de **elatéridos** (o gusanos de luz) emiten su propia luz gracias a un proceso llamado *bioluminiscencia*. Así atraen a las termitas de las que se alimenta el gusano.

Termitas / Termitero

Las **termitas** viven en enormes colonias en el suelo de la selva. Mastican madera y la mezclan con su caca; así crean huertos de hongos para alimentarse.

LA ALIMENTACIÓN

Los bichos disfrutan con un amplio abanico de alimentos diferentes, entre ellos plantas, otros bichos, carne muerta, materia en descomposición ¡e incluso excrementos! Puede sonar asqueroso, pero los hábitos alimenticios de los bichos juegan un papel muy importante en el mundo natural.

COMEDORES DE CACA

Es cierto que los escarabajos peloteros comen caca, pero son muy exigentes con la que ingieren. Algunos solo quieren comer excrementos de una especie de animal. Se alimentan chupando la humedad nutritiva de los excrementos.

CULTIVADORES DE COMIDA

Las **hormigas cortadoras de hojas** parten las hojas con sus mandíbulas de dientes de sierra, que pueden alcanzar las 1000 vibraciones por segundo. De las hojas en descomposición crece un hongo que alimenta a toda la colonia.

MASTICADORES DE PLANTAS

Las **orugas** tienen mandíbulas resistentes y afiladas, que utilizan para cortar y masticar hojas.

BICHOS CARNÍVOROS

Las **libélulas** cazan moscas pequeñas y mosquitos. Sus ojos compuestos contienen hasta 28 000 lentes, que les ayudan a mirar en muchas direcciones a la vez.

BEBEDORES DE NÉCTAR

La **esfinge colibrí** tiene una lengua muy larga para sorber néctar del fondo de las flores con forma de tubo. Bate las alas 80 veces por segundo, y, así, se mantiene en el aire mientras se alimenta.

BOCAS ESPONJOSAS

Las moscas domésticas y las moscardas no pueden morder ni masticar. En cambio, cubren la comida con saliva, que la convierte en líquido. Entonces lo absorben usando unas almohadillas esponjosas que tienen en la boca.

ENJAMBRES

A veces, algunos bichos que comen plantas se reúnen en enormes cantidades y destruyen las cosechas de alimentos que las personas necesitan. Los enjambres más famosos son los de langostas del desierto.

Las **plagas de langostas** han afectado a la humanidad desde hace miles de años. Se cuentan relatos de estas plagas en la Biblia y en textos de los antiguos egipcios.

Cuando se produce una explosión en el número de langostas, se reúnen y surgen enormes enjambres que pueden llegar a tener mil millones de individuos.

Cada langosta puede comer su propio peso en plantas y recorrer hasta 130 km en un día. ¡En 1954, una plaga voló desde el noroeste de África hasta Gran Bretaña!

Cuando viven solas, las langostas también pueden denominarse **saltamontes**. Sus excrementos fertilizan la tierra y son una fuente vital de alimento para muchos animales, entre ellos pájaros, arañas y pequeños mamíferos.

LA VIDA EN COMUNIDAD

Es frecuente que muchas especies de un determinado animal vivan juntas en grandes grupos llamados colonias. Estos bichos, entre los que se cuentan termitas, abejas, avispas y hormigas, viven vidas muy organizadas, trabajando juntas para producir comida, cuidar de sus crías y protegerse mutuamente de los depredadores.

Las **abejas domésticas** viven en colonias que pueden contener decenas de miles de individuos. Diferentes abejas se encargan de los distintos trabajos.

Las abejas hembra producen cera mediante las **glándulas cereras**, y la usan para construir su colmena. La colmena está llena de pequeños huecos llamados **celdas**.

Las crías, o larvas, crecen en celdas llamadas **cámaras de cría**. Cuando las larvas terminan su crecimiento, se envuelven en **capullos** que ellas mismas tejen.

Las hembras se convierten en **abejas obreras**. Las más jóvenes, conocidas como **abejas nodriza**, alimentan las larvas con pan de abeja (una mezcla de polen y miel).

La **abeja reina** emite unas sustancias químicas, llamadas **feromonas**, que controlan al resto de las abejas y garantizan que sea la única abeja de la colonia que pone huevos.

¿LAS ENCUENTRAS?

Las avispas suelen confundirse entre los enjambres de abejas para entrar furtivamente en la colmena y saquearla. ¿Puedes localizar las dos avispas escondidas en esta colmena?

Las abejas obreras de más edad, llamadas **pecoreadoras**, visitan las flores para recolectar néctar, que sorben con sus largas lenguas.

Las abejas macho se convierten en **zánganos**, cuyo único propósito es aparearse con la reina. Mueren poco después de aparearse.

Cuando una abeja visita una flor, se queda el polen pegado a los pelos del cuerpo. La abeja cepilla el polen hasta unas bolsas que tiene en las patas traseras llamadas **canastas de polen**.

El polen sirve principalmente para alimentar a las larvas, mientras que el néctar se convierte en **miel**, el alimento de las abejas en invierno.

LA LUCHA POR LA VIDA

Los bichos tienden a estar en la base de la cadena alimentaria, ¡y esto significa que hay muchos animales dispuestos a comérselos! Por lo tanto, han tenido que desarrollar formas astutas de evitar a los depredadores, como hacerse el muerto o mimetizarse con su entorno. Algunos son tan buenos camuflándose que es casi imposible verlos...

¿LOS ENCUENTRAS?
Estos bichos son expertos en camuflaje.
¿Dónde se esconden? Busca:
Una **mantis de las orquídeas** (parece una flor).
Un **insecto palo gigante de Chan** (parece un palo).
Un **katídido gigante** (parece una hoja).

EXPERTOS EN SUPERVIVENCIA

OJOS QUE DAN MIEDO

Cuando se asusta, la **oruga de la esfinge morada** hincha todo el cuerpo, y, así, las manchas que tiene en la piel parecen ojos de serpiente. Esto engaña a los depredadores, que creen que están viendo una criatura mucho más terrible.

Las manchas de colores vivos y contrastados de la **mariposa pavo real** pueden asustar brevemente a los pájaros y darle a esta más tiempo para huir.

ALERTA TÓXICA

Los llamativos colores rojo y negro de la **mariquita** alertan a los depredadores de que puede liberar una sustancia fétida y con un sabor horrible si la atacan.

FINGIMIENTOS

Para evitar que se los coman, los **elatéridos** se tumban patas arriba y fingen estar muertos. Pueden huir rápidamente flexionando una especie de mecanismo que tienen en el cuerpo y que los propulsa hacia arriba con un fuerte chasquido.

Mariquita

La ***Paraplectana tsushimensis*** ha evolucionado con astucia hasta tener un colorido similar al de las mariquitas. Así mantiene alejados a los depredadores... ¡aunque este bicho no tenga mal sabor!

CERDAS VENENOSAS

Algunas orugas, como la **oruga de mariposa limaco**, están cubiertas de unos pelos urticantes, que actúan como defensa frente a pájaros e insectos depredadores.

SOMBREROS RAROS

Cuando la oruga de la polilla ***Uraba lugens*** muda de piel, conserva el caparazón que le cubría la cabeza. Con cada muda, la montaña de caparazones vacíos va creciendo, hasta que forma una torre que le sirve para enfrentarse a depredadores como las chinches verdes.

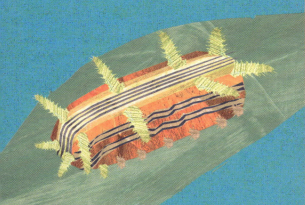

Chinche verde

Cuando cae algo en la telaraña, la araña tira de los hilos. Las vibraciones le ayudan a distinguir qué tipo de presa ha quedado atrapada.

La araña también añade a su tela estructuras decorativas, conocidas como **estabilimentos**. Pueden ser dibujos en zigzag, círculos o patrones. Sin embargo, ¡nadie sabe con seguridad por qué los hacen!

El nombre de araña de seda de oro se debe al color brillante de sus telarañas.

La araña de seda de oro paraliza a sus presas inyectándoles el veneno de sus colmillos. Después envuelve la comida en un capullo de seda y la guarda para más tarde.

TELARAÑAS SORPRENDENTES

Algunas arañas tejen **telarañas en forma de embudo**, que sirven como trampa y como escondrijo. Unos hilos de seda situados frente a la entrada alertan a la araña cuando las presas tropiezan con ellos.

Las arañas del grupo de los **terídidos** tejen telas pegajosas e irregulares. Cuando un insecto queda atrapado en su tela, la araña le inyecta veneno, lo envuelve en seda y se lo guarda para más tarde.

Algunas arañas tejen **telarañas lanudas**, con seda no pegajosa. Para atrapar a sus presas, las arañas añaden a la tela una carga eléctrica rozándola repetidamente con las patas traseras.

PADRES Y MADRES BICHOS

Los bichos son capaces de hacer cualquier cosa para atraer a una pareja. Algunos bailan, otros ofrecen regalos y los hay que incluso llegan a arriesgar su vida. Después del nacimiento de los bebés bicho, muchos padres y madres dejan que su descendencia se las arregle sola. Otros, sin embargo, se quedan con sus crías durante años, y las cuidan atentamente.

CÓMEME LAS ALAS
El macho de **grillo Cyphoderris** se friega las patas delanteras para atraer a una pareja. Después deja que la hembra le muerda las alas y beba su hemolinfa (un fluido equivalente a la sangre).

REGALOS REPUGNANTES
Los **machos** de algunas especies de **empídidos** envuelven un insecto muerto en un globo de seda y bailan sujetándolo. La hembra entra en el enjambre y elige a su pareja, que entonces le ofrece el regalo.

SORPRESAS OLOROSAS
Las hembras de **pavón nocturno** secretan un aroma, llamado feromona, para atraer a los machos. Los machos pueden captar el olor con sus antenas peludas a una distancia de hasta 8 kilómetros.

Macho

Arañas pavo real
Hembra

UN BAILE ARRIESGADO
Los machos de **araña pavo real** bailan para impresionar a las hembras. Mueven las patas, hacen vibrar el cuerpo y despliegan su lujoso abanico, mostrando su forma y colorido extraordinarios. Se trata de un baile muy peligroso: si la hembra no quiera aparearse con él, ¡se lo comerá!

COMER POR DOS

Las **cucarachas de la madera** viven en nidos que defienden y mantienen limpios. Cuidan de sus crías durante al menos tres años, alimentándolas mediante la regurgitación (mastican el alimento y luego lo escupen).

SIN PERDERLOS DE VISTA

Las madres de **chinche verde** vigilan sus huevos, que cubren con su cuerpo para protegerlos de avispas parásitas que quieren poner sus propios huevos en ellos.

EL CICLO VITAL DE LA CIGARRA

Los machos adultos de **cigarra** pasan los días buscando pareja. Producen fuertes chirridos y chasquidos para atraer a las hembras, que pueden estar ¡a más de un kilómetro y medio de distancia!

Cuando la cigarra hembra está a punto de poner huevos, abre una ranura en una rama del árbol, deposita sus huevos y se va.

Cuando las condiciones son adecuadas, las ninfas suben a los árboles. Pierden el exoesqueleto y emergen como adultos maduros con alas, dispuestos a buscar pareja.

Las crías de cigarra reciben el nombre de **ninfas**. Al salir del huevo tienen más o menos el tamaño de un grano de arroz. Caen al suelo y cavan para enterrarse.

Las ninfas de cigarra pueden vivir hasta 17 años bajo tierra, chupando savia de las raíces de los árboles.

Ninfas de cigarra

Las **ninfas** son crías de artrópodos que parecen adultos pequeños, sin alas. Las crías de algunos tipos de bichos, como las abejas, tienen un aspecto muy distinto del de los adultos y se denominan **larvas**.

LA POLILLA CREPUSCULAR DE MADAGASCAR

La **polilla crepuscular de Madagascar** solo se encuentra en Madagascar, una isla algo apartada de la costa sudoeste de África. Con sus alas de colores intensos y vibrantes, se la considera una de las mariposas más bonitas del mundo. A pesar de la delicadeza de sus alas, miles de polillas emigran cada año, recorriendo enormes distancias en busca de plantas donde poner huevos.

Las **polillas crepusculares de Madagascar** acaban de llegar tras una larga migración, y es el momento de que las hembras pongan sus huevos. Cada polilla deja unos ochenta huevos semicirculares en la parte inferior de las hojas de **Omphalea** (la única planta que comen sus orugas).

Las plantas de *Omphalea* que las polillas han dejado atrás en el otro lado de la isla van perdiendo toxicidad lentamente. Esto significa que las polillas podrán volver algún día.

Cuando las polillas por fin encuentran un nuevo grupo de plantas de *Omphalea*, se instalan a criar y el ciclo empieza de nuevo.

Huevos

De los huevos salen orugas blancas y amarillas con manchas negras y pelos gruesos.

Las hojas de *Omphalea* contienen toxinas. A las orugas no les afectan; al contrario: las protegen de depredadores como hormigas y pájaros. Las orugas pueden devorar plantas enteras en poco tiempo.

Orugas

Polilla crepuscular de Madagascar

¿LAS ENCUENTRAS?
A las **polillas crepusculares de Madagascar** les gusta beber néctar de todo tipo de plantas: sus preferidas tienen flores amarillas o blancas.
¿Cuántas polillas ves sorbiendo néctar con sus largas lenguas parecidas a pajitas?

LOS BICHOS Y LAS PERSONAS

Los bichos han sido esenciales para los humanos desde hace millones de años. Fertilizan las plantas, descomponen residuos y son una importante fuente de alimento para los animales, humanos incluidos. A lo largo de la historia, los seres humanos han temido a los insectos, pero también se han inspirado en ellos. En la actualidad, apenas empezamos a comprender que los bichos son esenciales para el futuro del planeta.

TALISMANES CON BICHOS

En el antiguo Egipto, los **escarabajos peloteros** eran símbolos de Khepri, el dios del sol y la nueva vida. El escarabeo era un diseño popular en joyas, amuletos y sellos, y se han encontrado muchos talismanes de escarabeos enterrados junto a momias.

COMIDA DE LA ANTIGÜEDAD

Nuestros antepasados cazadores-recolectores confiaban en los bichos como fuente de proteína. Entre los antiguos romanos, las **larvas de escarabajo** alimentadas con vino eran una exquisitez. Hoy en día, muchas personas siguen comiendo bichos y, a medida que crece nuestra población, los bichos podrían convertirse en una fuente de alimento crucial y respetuosa con el medioambiente.

MASCOTAS MELODIOSAS

Ya desde el año 1000 a. C., los antiguos chinos tenían grillos como mascota, muchas veces en elaboradas jaulas de bambú o metal. Los grillos eran valorados por su habilidad cantando o luchando. Aún hoy siguen siendo mascotas.

INVENTOS CON BICHOS

En la actualidad, la investigación sobre artrópodos es un campo puntero de la ciencia. Ha llevado a diversas soluciones fascinantes para problemas humanos, que darán forma a nuestro futuro.

El **escopetero** es un escarabajo que dispara vapor tóxico desde el abdomen. Los científicos que lo estudian han desarrollado un nuevos sistema de inyecciones sin agujas.

Los **termiteros** no se calientan en exceso bajo el sol gracias a un sistema de bolsas de aire que hace circular aire fresco. Esto ha inspirado el diseño de un centro comercial de Zimbabue, que utiliza un sistema similar de bolsa de aire para mantenerse fresco.

UN MUNDO SIN BICHOS

Los bichos son el poder invisible que mantiene el mundo en marcha. Pero están amenazados y su número disminuye.
Así que, ¿cómo podemos protegerlos? Estas son algunas cosas que tal vez puedas hacer en tu casa.

¿Por qué no construyes un hotel de insectos lleno de hojas secas, madera muerta y tubos huecos? Será una casa ideal para **escarabajos, ciempiés, arañas** y otros bichos.

Planta flores ricas en néctar, como la budleya y la hiedra que florece en otoño, para que las mariposas y las abejas puedan alimentarse.

¡Cava un estanque! Atraerá insectos como **libélulas, zapateros** y **escarabajos acuáticos**.

Los científicos predicen que quedan millones de nuevas especies de bichos por descubrir. ¡Así que coge tu lupa! ¡Tal vez puedas encontrar la próxima especie nueva de insecto, arácnido o miriápodo!

La **seda** que producen las arañas es más fuerte que el acero y es ligera, flexible y resistente. Se ha creado una versión artificial para fabricar material médico, piezas de maquinaria y ropa protectora para soldados.

Las **libélulas** pueden distinguir objetos en movimiento en la oscuridad. Algunos científicos estudian estos insectos para ver si pueden construir diminutos robots voladores con las mismas capacidades.